歩道叢書

歌集 [illegible]

鎌田和子

現代短歌社

あとがき　二三七

雪原

平成九年

夕茜

とどこほる沖雲もなく久々に全天あをし雪渚ゆく

地吹雪の絶ゆるときのま凍道にさながら匂ふ
夕べの茜

月光を反して水の流れあり凍れる川のところ
どころに

当面の目処つきし故先づは寝ねん外は雪らし
霧笛きこえ来

辛夷の蕾

砂のとぶ疾風ふく道行く手には辛夷のかたき
蕾が光る

葉のたけし水芭蕉の影映しつつ流るるとなき
水のさびしさ

芽吹きそめし春の山ゆく夫とわれ思ひ一つと
いふにもあらず

日もすがら海霧こめてよりどころなく寒き道
帰り来りぬ

幾らかは面目たつと思へれば心の和ぎてやう
やく眠し

湿原

木々いまだ芽吹く前にて色彩を持たぬ山やま
あたたかく見ゆ

このなだりいちめんの蕗風のなき夕べ動かず
息詰むるがに

水飲まんとここまでは来て倒れしか木道《もくだう》下に
蝦夷鹿の骨

散りぼへる鹿の骨いくつ手にとれば木の皮を
剥《は》ぐ下顎重し

海岸線に沿ひて弧をなす沼幾つ見放けて寂し
いにしへの海

地低く目立たず咲ける座禅草苞の内にて花粉を落とす

蛇行するのみならず川のその幅も自在にながれ湿原光る

ひろびろと綿菅ゆるる湿原の日没の後に残る明るさ

あやめ咲く岬山に放牧の馬のをり馬はあやめを残し草喰ふ

海蝕のためにほろびし椴松のこの原低く風わたりゆく

片空をみたしてをりし夕茜遠そき山の湖のひそけさ

平成十年

山の朝

起きぬけに歩む山原昇る日を待てばしづけし霜を置く石

両側の山々霧にかすみゐて輝きとぼし千曲の
流れ

地に生ふるものみな霧氷につつまれて山の朝
明け動くものなし

昨夜の雪に立山の峯近く見ゆる室堂平すがし
みあゆむ

きつかけを摑みさへすれば事成ると思ひゐたるは錯誤なりしか

おもむろに干潟埋めんとする潮のためらひのなき先端光る

あるときは潮の流れを押すごとく鯔《ぼら》の仔あまた干潟をすすむ

阿寒

午前二時来りし峠雪止みてたかき満月簡浄に照る

まのあたりしばしば峪より吹き上ぐる雪煙《ゆきげむり》月の光にあをし

薄明の雪野を来り山裾の阿寒川にたつ霧ものものし

凍てしるき朝の雪野に放牧の牛動かざり背に霜おきて

雲の底くづれて湖上わたり来と見れば忽ちめぐりは霰

火事のあといちはやく生ひし白樺が純林をなすその山明し

登りきて見さくる阿寒湖靄のたつ山に囲まれ暗くしづもる

雲の流れおもむろにして今しばし雌阿寒山頂日にあきらけし

えぞ鹿に樹皮を喰はれて立枯れし木々白くこ
の斜面明るし

巣を作りし蟻を羆《ひぐま》の喰ひしもの古き椴松裂か
れて倒る

たちこむる霧にいきほふ猿麻桛《さるをがせ》あまた木に垂
れ雫光れる

幼の歯

わが子の時忘れて幼孫見つつあはれでならぬ
たとへば歯痛

わが孫が歯を削らるるさま切なくてわれはそ
の手を握りてをりぬ

歯の治療了へし幼と栃の木の花散る下に来りて憩ふ

改装

健やかなるゆゑにつづきし明暮か離りて住まふ夫とわれと

思ひたち今を逃せば時なからん如く駆られて
家の工事す

改装のため恥部さらす如き思ひ押込みありし
くさぐさ出だす

輪郭の定かならねど五箇月の胎児の映像下肢
曲げ伸ばす

兄姉となるべき孫らその母の胎児の動きたの
しげに見る

生《あ》れし子を泉の如しと目守りをり娘経てわが
血通へるものぞ

瀬戸

いちはやく色づくあはれ地の上に摘み捨てられし小さき蜜柑

見さくれば島の向かうに島ありて遠きはあはく秋空に浮く

アーチ橋の下にせめぎて光る波潮流の向き見
分かちがたし

たまゆらの憩といはん潮満ちて流れとどまる
船折の瀬戸

流るるもの束の間止まるさま見つつ遠く来り
しわれも憩はん

九州二首

ほほけたる芒に覆はれ行く阿蘇の起き臥す
山々やはらかく見ゆ

光る雲棚引く下に開聞岳あはくひそけし遠く
に見えて

平成十一年

寒の日

気落ちしてをれば風邪など招かんとおそれ過ごしき寒の幾日

川の幅にこめてゐる霧この朝の寒き空気に圧され動かず

枯葦がつづける原のしづけさや夕べの茜さしとほりゐる

ビルの上の雪風に飛び寒の夜の高空の月しばしばかすむ

吹雪にて衝突せし二十台の車テレビに見れば玩具のごとし

片側は闇ふかき海ぞ夜に行く日高路長しむかしも今も

ときのまの愁なれども長距離のバスより降りて足ぎこちなし

丹頂の脚

雪ふかき峡にて空気きよければ雪を映せる夜の空白し

暁の阿寒川よりたつ霧に岸辺の木々は霧氷にけぶる

霧晴るるときのま川の中に立つ丹頂の影水面に映る

川中に丹頂眠るは狐らに襲はれぬゆゑあたたかきゆゑ

氷点下六度といふは温かきか鶴のねぐらの川に霧なし

相むかひ羽搏きかはす丹頂の脚の力ぞ雪を蹴散らす

冬の給餌に関はりあらん鶴の脚二十年に二糎短縮せしとぞ

雪山の雄阿寒岳がさえざえと見ゆる青天鶴むれてとぶ

山の霧

岳《だけ》樺《かんば》の枝揺りはげしくなりて来し雨に止みたりみそさざいの声

林ゆき拾ひし小さき鳥の巣に鹿の毛あまた混じりてゐたり

霧ふかき原生林に筒鳥の鳴く声さびし太くひびけど

新しき崩落のあと柱状の岩白きところ夏日を反す

山の霧たちまちこめて昇りゆくわがゴンドラのロープが見えず

硫黄噴くところも霧におほはれてたちまち寒し周りむなしく

山の霧ときのま霽るればわが周り荒草木々など立ち上がりたり

霧霽れてあからさまなる夏の日に旭岳山頂こごしく見ゆる

霧がはれ空気希薄になりしごと高山に差す日
差するどし

まなかひに蝦夷鹿蕗を喰へるさま見れば茎の
み音たてて喰ふ

一定の高さに若木皮なきは蝦夷鹿角《つの》をとぎし
痕なる

孫三人

出張する娘の為に孫三人あづかり励む背に懐炉貼り

幼孫二人諍ふかたはらにもの言はぬみどり児ただはしけやし

未来のみを持ついとけなきものの顔やうやく
寝入りしみどり児を見る

幼らと共にあづかりたる兎夜更けて動くさわ
がしきまで

みどり児をわが抱きやればその母の膝うばひ
あふ幼二人は

孫達が帰りて玩具の散りぼへる部屋はしばら
く虚しさに充つ

家にこもり何もせずゐて疲るるか怠る体ただ
に重しも

立ち直る気力三日程なかりしが過ぐればどう
といふ事もなし

海辺

いちめんに花さく薯畑なぞり吹く海よりの風
霧ともなひて

風にとぶ砂玫瑰《はまなす》の葉にあたるかすかなるその
音をかなしむ

河の水そそぐはてにて片海の輝きあらし午後
の光に

遅速ある風のまにまに流れとぶ砂いこひなし
河口のほとり

河口近く坐りてをれば砂ぬくし午後二時の空
高く澄みきて

館内の冷房予想し厚着して来しゆゑぬくき浜
に汗出づ

舅姑の法要を終へこの世の責一つ果たして心
の軽し

つつがなき旅をねがひて発つ前にわづかに動
く奥歯抜きたり

夕光

十日ぶりに帰り来し家絨緞に沈みて夫の剪りし爪あり

独り住む暮らしに夫馴れたるやわれ来れば部屋が散らかるといふ

はまなすの未だ花もたぬ幼木は砂に浮くごと夕光に見ゆ

雨あとの濁水が河口近くきて波さわだつは上げ潮ならん

秋耕を了へし畑土かわきをり天塩の川の反映うけて

秋旅（オランダほか）

広場にて尖塔仰げば騒がしき空とし思ふ秋雲疾く

運河ゆき跳ね橋を見てヴィンセント・バン・ゴッホおもふ旅のつれづれ

シーボルトが持ち帰り殖えしものなるか家間
に伸ぶ日本の桜

片寄りて運河に浮ける黄の落葉舟過ぐるとき
あはれもみあふ

運河に沿ひ枝垂るる柳この夕べ風にもまるる
切なきまでに

方形に区画されたる牧草地光をのべて掘割かこむ

なごましき点景として見えてをり掘割の水を牛が飲みゐる

風のなき朝のしづけさ収穫の近きデントコーン穂のみな朱し

広々とつづける原のある範囲出でず群れをり牛も羊も

牛の血を混ぜ塗りしとふ教会の塔空にたつ錆びし朱の色

ペスト病めばここより放逐されたるや中世の城門厚き石積む

城壁の残片のほとり中世の砲台ならぶ黒く光りて

棘のある西洋橡の実音をたて落つるを旅人われ拾ひもつ

幾百年過ぎしにあざやか木炭にて地下の砂岩に描かれし聖画

傘さして舟に運河を巡りゆくかかる一日も旅のたのしさ

三国の旗たち国境のしるしとぞ六角の石われより低し（ドイツ・オランダ・ベルギー）

石ひとつ立つのみにして三国を境するこの単純はよし

秋耕を終へたる畑に沿ひてゆくブルージュ近し雨雲の下

ゴッホ生れし村過ぐるころ雨やみてポプラの樹のうへ雲押し移る

アンネらのひそみゐし部屋より見る運河雨模様の空映して暗し

壁紙にブロマイドなど貼りてありアンネが日
記書きつぎし部屋

教会のカリヨンの音を籠りゐていかに聞きけ
ん二年の明暮

雲海に沈む日送り出づる日を迎へユーラシア
大陸を越ゆ

雲

夕映ゆる空をゆきつつ見下ろせる高積雲の翳りしづけし

高度下げし飛行機に見え夕雲のあはひに流動なき海くらし

平成十二年

歳旦

退職し夫が春には離りゆかん歳旦しづけき街に出で来つ

寒に入る宵あたたかく歳晩より引き来し風邪
の癒えてゆくべし

この冬が最後かなどと思ひつつ潮の香のする
通りをあゆむ

検診の結果異常の無かりしが幾日も経ず風邪
ひきて臥す

友の無念

難病のその夫遺し卒然と逝きたる友の無念をおもふ

祭壇に対ひて友の遺しし歌朗詠しつつ声つまりたり

みどり児

みどり児を抱けば痛む背あらかじめ懐炉を貼りて来るをわが待つ

声かくればにこやかに笑むみどり児に如何に見えゐん老いしわが顔

乳足らひてふくよかなれるみどり児の甲まるき足や仏像の足

みどり児の遊びのひとつ仏壇の鉦たのしげに打ち叩きゐる

積む雪

鈴掛の垂れ実まどかに雪積みてゐるさま仰ぐ
道のほとりに

渋滞する道にすべなくわが見をりガード・レ
ールに積もりゆく雪

朝より雪降り込めて視界閉づさびしきさまは
安息に似る

北海道全域雪とふ暗きひる窓辺に鉢のゴムの
葉を拭く

保育所に迎へしみどり児橇に乗せ夕べ圧雪の
道を帰り来

除雪車の遠そきゆきて暁の吹雪の音は悲鳴の
ごとし

昆布干す為の石浜雪つもりただに明るしこの朝来れば

雪原に放たれし馬の幾頭か毛布掛くるは孕みゐるもの

去る町

この雪も融けてゐるべし二十日後に去りゆく
町と思ひて歩む

三十六年夫が勤めし病院か赤十字のマークし
たしみて見つ

腰痛に未明より覚めてゐる夫のかたはらにわ
れただ坐りをり

まなしたのガスタンク群屋蓋に積む塵冬の日
にかわきゐる

この雨に冬過ぐるべし川床にあをあをとして
小草なびかふ

退職

漠然とよぎりし不安ひとりをれば現実感をもちて迫り来

退職を前に夫が頸椎病み従ふごとくわれ腰を病む

勤め来し三十九年を悼むごと夫の給与明細書見つ

つづまりは捨つるべきもの愚かにも惑ひて移転の後に捨てたり

消えがたき残尿感にこの日頃ものを深くは考へられず

公園

運動のため速歩する公園の道にしばしば群る
る蟻踏む

去年ここに落花見しゆゑ栃の枝のかたき蕾を
したしく仰ぐ

アポイ岳

おびただしきポプラの絮毛径の端に積みてしづけし露にぬれつつ
（日高山脈襟裳国定公園）

朝明に晴れゐたる山登りきて馬の背越えは吹く霧のなか

ただ足を運べば登頂かなふべし径の辺川原松《かはらまつ》葉《ば》の黄花

行く径の片側かげり待宵草あかるくつづく昼
まへの峡

頻尿のため襁褓して登りしを山頂によろこぶ
友らは知らず

山の霧はれて見えくる集落は峡より海に向き
てひろがる

五合目の山小屋遠く見下ろしてなだり吹きくる風ここちよし

朝明より登り昼すぎくだり来し山裾蟬の鳴く声ひびく

晴れながら潮の息吹にきらふ浜遠くの岬雲のごと見ゆ（襟裳岬）

自らを試さん気負ひなどなきが若きらと登頂
果たしてうれし

吟行の歌会を終へて友と宿る夜更ひそかに眠
剤を飲む

かたはらの低き雪浜竿に干す拾ひ昆布が風に
ゆれゐる

枯葦のあはひを埋めて雪の積み中洲に今日は
鴨も来ざるか

うちつづく低山にひるの日が差して唐松に積
む雪とけゆかん

浦　河

漁船沈み十四名が不明にて町内の空気張り詰めてゐる

捜索を拒みてゐるや昨日より降りつづく雨に暗きわたつみ

この町の役場消防署警察署埋立地に建つ海光を背に

家並をすこし離れて海に対き丘に光れる墓石の群

家に籠りエネルギー消費せぬ躰夜いくたびも目覚めて疲る

クリスマス

サンタ・クロースの衣装脱ぐまで祖父なること知らずに抱かる二歳の孫は

わが夫が扮ししサンタ・クロースにみどり児去年は驚き泣きき

平成十三年

新世紀

ことさらの感慨もなく新世紀迎へしひと日吹雪のやまず

賦に落ちぬ思ひしながら受話器置きやうやくわれに怒りの湧き来

タワービル建つ過程にて最上へクレーン孤独に空昇りゆく

体調のすぐれぬ今日は夕映の空惜しむなくカーテン閉ざす

氷湖

つばらかに雄阿寒見ゆるこの夕べ広き氷湖に
地吹雪走る

氷点下二十度の朝凍結せる阿寒湖のうへ歩む
はすがし

みはるかす白き氷湖のしづけさや岸辺の木々の影を映して

層雲と氷海の果そのひまに夕べの茜しばし見えゐつ

打ち上げられ砂にまみれし流氷が日本の浜に融けゆくあはれ

つれだちて氷海のうへ歩みしをただ恋ほしみて思ふ日あらん

遠くきて雪野に見たり釧路川の源の水黒く光るを

雪はれて来りし峠に見放くれば屈斜路湖広し白く凍りて

しづけさの満ちゐる夜の氷海が灯台の灯にむなしく照れり

夜の風いかに吹きけん昨日見し流氷の原けさ青き海

このあたりの氷海統べてゐる如く大鷲ひとつ氷上に立つ

観覧車

みどり児とわれ観覧車に昇りゆく青澄む空に吸はるるごとく

恐る恐る手を伸べ山羊の背を撫でてわがみどり児に笑みのはじくる

懸命に椈はんとするみどり児の杓より金魚や
すやすと逃ぐ

滑り台にあそぶみどり児目守りゐつ花さく樟
の木の下蔭に

リラの花おほよそ過ぎてさむき午後ポプラの
絮毛ただよひ光る

帰り路

菖蒲園の帰り路に見る雨のなか黄萱の花の色
まどひなし

街のなか細くゆく川アカシアの散りしきる花
流して疾し

打つ雨に大葉ゆりつつ擬宝珠は花の終へたる
さびしさ湛ふ

この暑さに盲導犬も気怠きか駅に着きしに直
ぐには起たず

去年は次兄ことしは長兄の七回忌三番目の兄
平成知らず

竜飛岬

まれまれに竜飛の岬風なくて発電の風車夏日を反す

三千戸の電力まかなふといふ風車風なき今日はただにしづけし

埋立て地の道をし行けば忽然と尽きて津軽の
海のかがやき

階段の国道といふを登りたり津軽半島突端に
来て

半島の夏空晴れて昼顔の花なごましく沿線に
咲く

夫の生日

新世紀の終戦記念日わが夫の生日にして古稀迎へたり

七十になりし夫と朝餉しつつ互みに父の享年語る

コース替へて朝あゆむ道家々の庭花たのし晴に曇に

枝々が私語交はすごと揺れてゐる庭を吹く風なまあたたかく

けふ一日のわれを思へば草藪に傷を舐めゐる獣のごとし

人いとふ思ひと恋ほしむ思ひとがこもごもに
あり一日のうつつ

時ながき夕映え見をれば帰り来し夫無造作に
カーテンを閉づ

体調の悪きは心因なるべしと夫言へども思ひ
あたらず

秋日

照り翳りしるき秋日に立ち上がる噴水豊か風に乱れて

枯落葉鋪道に砕けゆくさまをあはれみにつつわが踏みてゆく

稔田につづく刈田も豆畑も明るく見ゆるあたたかき今日

ニセコ

白樺をいたぶりて降る午後の雨秋の彼岸の高原さむし

紅葉にいまだ間のある高原に霰降り来ぬ雨に
つづきて
ニセコの山に滞りゐる暗き雲雪になるらん夜
にいたれば
ゴンドラに千メートル昇り昨夜降りし雪を踏
みたり秋の彼岸に

年末

昼近くなりて青空見えて来ぬためらふごとき
冬至の日差

早起きの夫はやばや寝ねしかば今年もひとり
除夜の鐘きく

平成十四年

正月

雪かづきなかば埋もれし中古車群さながら憩ふ正月休みに

青天の正月三日出でくれば車道の脇に高く雪積む

つづく田はいま一面の雪の原風にたやすく地吹雪のたつ

旱天の澄みとほる寒の日々にして固くしまれる木々雪に立つ

鮭科学館

雪のなか鮭科学館に友と来てゆくりなく聞く
蟋蟀のこゑ

温かさ保てる室に反響す二星《ふたほし》蟋蟀《こほろぎ》鳴けるその
こゑ

卵より成虫までの蟋蟀があまた飼はるる蛙の
生き餌に

幾種ものの蛙のをればそれぞれに見合ふ蟋蟀与
へゐるらし

水槽に飼はるる蛙に与へたる蟋蟀ひとつ脱皮
をはじむ

やすみやすみ脱皮をしたる蟋蟀の長き触角時
かけて伸ぶ

一瞬のうちに蟋蟀呑みこみし蛙を見ればこと
もなげなる

蟋蟀も蛙も共にいとほしむ如くに世話をして
ゐるを見つ

冬木々

手稲山におよぶ朝焼けたちまちに消えてさびしき冬木々の山

ことわりのありとしもなく掃除など怠る部屋に食ふものは食ふ

日すがらに体調すぐれず愛憎の思ひあはあは
過ぎゆかんとす

その因を思へば小さきことながら恕しがたき
か離りゆく人

雪の日も歩みて脚の強くなれど六腑のひとつ
不調がつづく

旭山動物園

はればれと雪のかがやく動物園人工の音なく
心地よし
凍道に足をとられぬやう歩むひたぶるなれば
愁を忘れ

海豹に与ふる魚を奪はんとあまたの鴉群れて争ふ

幼児が尾を持ち垂らす玉筋魚《いかなご》を胡獱《とど》跳び上がり直に呑み込む

携へて来し鎮痛剤使はずに過ぎける事をわがよろこばん

懸《かけ》巣《す》

雪庭にきたる懸巣を孫と見つたまさかかかる
たのしみのあり

もののものしき様に見えゐしゲレンデの灯りが
こよひ黄砂にかすむ

雪消えし鈴掛木下まだ土になじまぬ去年の落葉さわがし

明日になりて埒があくとも思はれず心据うればば空腹おぼゆ

娘らが忘れ居りたりる生日に友が花束贈りてくれぬ

逝去

君の孫三人つたなく箸つかひ君の御骨を拾はんとする（娘婿の父君）
その行為たのしき様に幼らはひたすら拾ふ祖父の御骨を

家居

みづからの落度なるゆゑこの幾日うちひしがれて家に籠りつ
沈みゆく思ひを奮ひおこさんと立ち上がりたりあてのなけれど

おしろいの挙《こぞ》りて咲けるかたはらに葉を閉ぢし合歓木の花あはし

昭和十年わが生れし日の新聞にペルシアがイランになりしとありぬ（朝日新聞）

使ひ終へし耳掻き夫より受け取りてわれも耳掻くたまたま夜に

夏

雨やまず気温上がらぬ夏至一日何するとなく
こもりて過ごす

低雲をたたく如くにヘリコプター過ぎゆけり
昼しづかなる時

舗装路の突然絶えて荒草のつづくは造成過程の土地か

はまなすの咲く丘すぎて半夏生の西日さしゐる渚しづけし

脚きたへ長生きをして何せんと外より帰りし夫つぶやく

つづまりは娘を思ふ故ならん躰励まし孫の守りする

逃水を見つつゆく道放牧の馬らもをらず炎暑のひるは

ひたぶるに躰うごかし汗かきて煩ひしばし忘れんとする

去年植ゑし四照花幾つ花ひらく雨もよひせる
庭にしづけく

湿りあるあしたの土に片寄りてポプラの綿毛
動くともなし

たはやすく結論出す友羨しとも疎むともなく
かたはらに聞く

夢

父うとむ思ひまつはる古里のすでに無き家また夢に見き

体調の悪きゆゑにか夢に来し母や兄達死者ばかりなる

渓川

友の声聞こえぬ程の音なれど渓川のたぎち故にうとまず

ほどもなく滝となる水光りつつ板状節理を平らかにゆく

渓川の上に楓の枝揺るるをりふしの風よろこぶさまに

もみぢせし浜茄子おほふ砂丘にまれまれにしてこほろぎが鳴く

くさめの音たのしく聞けりマイク通しバスの運転手発したるもの

中空の月

光るともなく灰白の水満ちて河口は広し秋霖のあと

まなかひに荒ぶる雨後の波見つつ心虚しくなりにしわれか

降りゐるは黄砂と知らず歩みをり輪郭のなき
影ともなひて

雨やみて一挙に晴れしこの宵の中空の月海峡
照らす

六十年の仲らひ祝福するごとき月と思ひて友
と仰ぎつ

断雲

高空の雲とかかはりなき断雲いくつもビルの
屋上よぎる

サルビアの花に積もれる雪のうへ夕明りあり
さびしともなく

みづうみ

朝降りし雪に新しく散る落葉ななかまどの朱
公孫樹の黄色

吹雪く山越えて来りし湖は平かにして黒きし
づまり

大歳の凪ぐ湖はあはあはと夕茜さすものうきさまに

暮れてゆく空にたまゆら稜線のきはだち見ゆる雪の羊蹄

温泉に入りてかすけき悦楽にひたりてゐたり年移る宵

平成十五年

雪きしむ音

元朝の洞爺湖畔のしづけさよ歩みてゆけば雪きしむ音

足もとを見つつ雪道あゆむ時わが眼の飛蚊いきほひづくや

しばしばも激しさの増す吹雪にて籠りてをればただだに疲るる

首垂れてたちまち寝入る若きらを羨み見をり帰りのバスに

寒の日

大寒の晴れとほりたる午の道雪壁に沿ひしばらく歩む

一万歩を目標にしてみづからにストレスかけゐる思へばあはれ

思ひつき幼の靴下買ひ来れば既にサイズの小さしといふ

娘ゆゑこころ通ふと思ひゐしは愚か愚かわが錯誤なるべし

母の享年生くるとすれば十年か出来れば読みたし法華経全巻

器官

体内の器官の一つ意識より常に離れず斯くして老ゆる

身の内にありて己の力及ばず臓器それぞれ生くるものらし

眼を瞑れば躰消えゆくごとき思ひ疲れて坐る
帰りの車内に

昨日の雪凍りて乾く午後の道ひたすら歩む心
はれんか

無落雪の直方体の家並ぶ濡れ縁にかはりベラ
ンダ明るく

最上川

乗船場に行く朝の道かたはらの雪の畑に靄とどこほる

川岸はそのまま低き山となる細き滝水いくすぢ白く

月山を源とする角川を合はせて冬の最上川しづか

いつたいに冬靄かかり杉山の上端空に溶けゐるごとし

岸に積む雪に獣の足跡のあるを見ながら最上川下る

暖房のきく舟にゐて寂しけれ冬の空気に触るることなく

注ぎ入る川水細く石原はためらふやうに冬日に乾く

いづかたも雪の積もれる静けさや最上川渡る黒滝橋に

聴禽書屋

杉木立黒きがなかに年古りし桂の大木一木そばだつ

雪掻きをしてゐる人に道たづね聴禽書屋に到り着きたり

懐かしきものに逢ひたる思ひにて二藤部兵衛門の表札を見つ

懇ろにビニール・シートに覆へるは茂吉の墓ぞ乗船寺の庭

極楽と称して茂吉が用ゐたる便器も並ぶ展示ケースに

宮島沼

彼方の空こなたの空より湧き出でて真雁の群
が沼を目指し来

隊列を組みたる雁ら或る時はなだるるさまに
沼に下りゆく

ねぐらする沼面に五万羽の真雁なべて入日の
方に対きゐる

夕茜やうやく消えて沼の面を真雁が黒く埋め
つくしたり

鳥らにも情報あるやこの沼に寄留するもの年
年に殖ゆ

睡蓮

押し合へる葉のあはひにてその構へ悠然と咲く睡蓮の花

去年植ゑし花蘇芳二つのみ咲きて莢実を垂るる律儀に二つ

忘れられしもののごとくに高層のビル側壁に
夕ひかりあり

連合ひに逆らふときの娘の口調われそのまま
と夫はわらふ

わが躰の不調など夫医者ゆゑに聞くを厭ふと
おもひ話さず

待宵草

夏草の猛き道ゆくかたはらは柱状節理かわきて白し

あたたかき砂を隔てて雄待宵雌待宵咲く昼のくもりに

雨もよひの山の傾りのしづけさよ楤の木の花
白あはあはと

自らを納得せしめ結論を出だして心晴るるに
あらず

隣室に置けるバッグの中にして携帯電話の音
鳴りひびく

浜昼顔

引潮といへどをりをり岩礁のひまに白波たちて打ち合ふ

夕づきてしづかに潮の満ちてをり浜昼顔はいまだ閉ざさず

何ゆゑに人の心をはからんとするや思へばどうでもよきに

否定されてゐしかと気付きおほよその事納得す今更にして

この幾日凪がぬ哀しみ遣らはんとジムに来りて自転車をこぐ

島道

先生の歌碑に逢はんとゆく島道つはぶき薊なべてしたしも

島山の灯台の辺に咲く蘇いきほふ花に蜂が来てゐる

秋の日の光しづけき島山に伊良湖水道ゆく船見をり

伊良湖水道のぞみて立てる島山にあまたも咲けり水引の朱

荒波のしぶきにたちし虹見つつ島より帰る満つる思ひに

五十鈴川

みたらしの五十鈴の川に朝の日は未だ届かず
魚の影見ゆ

十月の末の夕暮れ神宮の庭に邯鄲こゑつよく
鳴く

函館行

久々に会ひしかば先づ病むところ無きかたづぬる互に老いて

山頂にいたりていよいよ霧の濃し夜景を見んと勇みて来しが

街の灯がためらふごとく見えしかどたちまち
に消ゆ霧に包まれ

堀の辺の桜古木のひと枝に時季はづれの花白
いたいたし

函館より夜帰り来し札幌はひる降りし雪こご
しく残る

法要

みたりの兄亡くなりし故わが修さん父の五十
回忌母の二十三回忌
この法要最後なるべし父と母の骨箱僧の手に
渡したり

平成十六年

午後の光

落ちつもる公孫樹黄葉の上にさす屈託のなき
午後の光が

裸木の枝ことごとく雪まとひその秀かがやく
午後の光に

ビル建てんと掘りおこされし土の山めぐりの
雪を威圧し光る

いか程の時経れば消滅するものや宇宙に葬送
されし人骨

宿木

冬の日をほしいまま受け宿木の緑さやけし楡
の高枝に

ところどころ雪積む楡の太枝に梟うごかず木
の瘤のごと

冬空に愉しき声はあらはなる針桐の秀に山雀《やまがら》の鳴く

昨日降りし雪に明るき林きて一つ残れる朴の実仰ぐ

青天に冬木の上枝かがよへり力をためて息づくものよ

鶏インフルエンザ

死にしあはれ生きて処分をさるるあはれインフルエンザの大量の鶏《とり》

長方形の深き穴暗し嗚呼そこに二十五万羽の鶏埋めらるる

後の人いかに思はん土中より鶏の骨あまた見
出だしし時

対岸の曇ると見ればまたたくま雪みだれ降る
湖おほひ

平らかに雪積む池の面その下にひつじ草など
根の太れるや

八丈島

火の山が二つ繋がり成りし島渚に黒く熔岩つづく

八丈富士中腹に見るこの島の滑走路ひとすぢ春日にしろし

照葉樹のなかにひそけく咲き初めし大島桜の
花白々と

しばしの間さびしき思ひす重厚にそそり立つ
樹をこの島に見ず

灯台につづく道の辺自生してフリージャー低
く蕾つけをり

台風に幾度も襲はれこの島の家々石の垣にて
囲む

浅春の島を巡ればいたるところ明日葉が生ふ
みづみづとして

八丈より見ゆる小島は一つ山夕づく空に笠雲
うごく

九千の人が住みゐて七千余の車あるとぞ八丈島は
どの車も見れば品川ナンバーぞ八丈島は東京都にて
咲き残る花まれにあり両側のなだりを埋めてアロエがつづく

雪代

もどかしき日差と思ふ午の道こごりて残る雪踏みてゆく

いちめんに延齢草さく疎林のうへ雲はれて浄き空となりたり

思ひのほかしづけき海に雪代の濁り入りゆく
幅ひろげつつ

三人の兄の享年越えにけり古稀には未だ一年
あれど

をりをりに祖父母われらと過ごす幼今夜は牛
の舌焼きて食ふ

河口

磯舟にをみなもまじり網あぐる河口のほとり
風なまぐさし
灯台を過ぎて砂とぶ丘のうへ浜旗竿の花低く
咲く

まだ飛べぬ鷗の幼鳥浜にをり少し距離おき鳶が見てゐる

唐突に夏の気温になりしけふ河口は未だ雪解の濁り

河口より流れに沿ひて帰らんよむつまじくたつ波の音聞き

水張田

水張りしばかりの田の面風吹けばよりどころなき様に波立つ

水張田のほとり歩みてさびしけれ影ともなはぬ光に疲る

三人の育児と勤めにわが娘疲れてゐるやものの
言ひあらし

いま少し言葉やさしく言へざるかあはれ娘は
われに似るとぞ

わが思ひ忖度することなどありや娘のうしろ
姿見送る

郭公の声

アカシアの花散りポプラの綿毛とぶ夏至のひ
すがらおもく曇りて
園林に鳴く郭公の憚りなき声とおもへど孤独
にひびく

噴火により国道沈下し生れし沼電柱いくつ傾きて立つ

山麓に聞きし蟬のこゑ展望台に登りても聞くひたぶるの声

ひたすらに巣を作る蜘蛛花火上がるその折々にあらはに見ゆる

わがうちに変らず君は生きゐるぞ周忌法要に
献盃をする

ロシア極東森林火災の煙霧とぞ昨日も今日も
手稲山おぼろ

食はざれば案じ食ひ過ぐれば案ず育ちゆく孫
四人を見つつ

人体展

千三百グラムはかくも重きものか脳を掌に受く人体展にて

頭より足まで輪切りの人体の断面厳《いつく》し目《ま》の当たり見つ

展示されゐる人体その肺が黒ずむものは喫煙
による

人体展共に見てゐし五歳の孫死ぬれば献体し
てよしと言ふ

母生きて在れば今年は百歳か果《は》敢《か》無《な》きことを
思ひゐたりき

生木のにほひ

倒木の太枝伐られ積みてありいたはしきもの
生木のにほひ

白樺も鈴掛も倒れ見通しよくなりしこのみち
さびしみ歩む

もどかしき動きにも見ゆ毀さんとパワー・シャベルがビル壁たたく

コンクリート砕かれてゆく埃にて半壊のビルしばしば見えず

いまだわれに甦りくる悔しみを拭ひきれざり愚かと思へど

眼鏡

新しき眼鏡よく見ゆキー・ボードのあはひの
塵もわが手の皺も

それぞれがパソコンに向き夫とわれ言葉交は
さず小半日過ぐ

岸壁にしづかにをりし海猫らいつせいに飛ぶ
船出づる時

鳴きながら船に従きくる海猫の赤き口中まな
かひに見ゆ

いちめんの雪になななかまど新しき命得しごと
朱実かがやく

サルビアの花に積もれる雪の上しばし夕べの
光さしをり

遺言を書き置けといふわが夫に未だしおもふ
根拠なければど

生くること断たれし胎児一般のゴミとし捨て
らる何といふべき

ありふれし事とし思ふ娘よりくる電話おほかた頼みある時

他のものはともかく睡眠薬のみは飲むを忘れずこの幾年か

おほよそを可と諾ひて六十代最後の年を送らんとする

平成十七年

雪原

雪原に丹頂あまた集ひをれどさわがしからず
悠揚として

丹頂に魚を与ふる午後二時を知りゐて尾白鷲
近くをり

ゆきわたる数と思へぬその魚を丹頂奪ひ合ふ
こともなし

ねぐらする川の中洲に雪積もり丹頂の姿見き
はめがたし

笠雲をいただく雪の雄阿寒をわが仰ぎ立つ凍る湖上に

冬の道東

風吹けば谷地《やち》棒木《はんのき》の古実揺れぬ雪いちめんの釧路湿原

冬枯れの葭は黄の色つつましく見さくる湿原
ただにしづけし

湿原を蛇行する川の明るさや岸辺に積もる雪
を映して

見はるかす湿原音なくそのはたてパルプ工場
の煙がかすむ

雪積もる凍湖も広き雪畑も見分けがたきまで
光るさびしく

氷雪におほはれし湖の中の島原始林黒くもり
上がり見ゆ

凍裂の痕をとどめし椴松の幹の明るさ雪野に
つづく

水楢などまばらに立てる雪の山奥行のなし曇りてをれば

起伏あれどいつたいが雪集落を一つ過ぐれば一群の墓

硫黄山の裾野は雪の原にして硫黄に枯れし這松つづく

行く手には雪の斜里岳全容が見えてたのしき
予感抱かしむ

ふたかたは雪積む林蝦夷鹿の古りし足跡新し
き跡

久々に来ればオシンコシンの滝ライト・アッ
プに光りかがやく

流氷の去りし海より吹きてくる風のはげしも
能取《のとろ》の岬

去年の落葉

吹雪にて渋滞する道に進めざる救急車の音し
ばらくひびく

ひとしきり降りたる雪に人踏みし跡なき道を
帰るたのしさ

しだれ柳の並木伐られて雪の間にあらはにな
りぬ街川黒く

雪消えしばかりの道に悲しみを敷きゐる如し
去年の落葉は

明方に苦しみはじめ昼に逝きし母の死をわれ
時折おもふ

杉落葉杉の根方にふかぶかと積もるしづけさ
降る春の雨

一区画占めゐしビルのこはされて粗土にさす
宵の月光

五月一日いまだ冬木の鈴掛のあはひにとほし
手稲雪山

わが生ひ立ち知るもの既にたれもをらず寂し
みながらさばさば思ふ

友逝く

残る髪もちあげ友が見せくるる毛の無き地肌
光りて悲し

二桁の引き算できぬと脳腫瘍剔出《てきしゅつ》せし後の
友笑ひ言ふ

去年ひとり今年もひとり友逝きぬ死にてをか
しくなき齢なる

道庁の庭

ひたぶるの様たのしけれあかげらが辛夷の枯
木に巣穴を穿つ

しなやかに枝はる欅大木の若葉かがやくした
たる緑

決めかぬる己にいらだちつつ歩む苧環《をだまき》のはな
すでに過ぎがた

睡蓮の咲けるあはひに鴨の仔は数減りてをり
大きくなれど

去年の葦倒れし間より突き出でてさやかに白
し仏炎苞は

池わたるをりふしの風に睡蓮のひしめく葉群
光打ち合ふ

秋暑

しだれ柳風なき今日はものうげに真直ぐ垂れ
をり秋暑の曇

退潮の時にしあらん河口より入る水穏し秋日あまねく

砂丘のかげに来ればたちまちに潮のとどろきうとくなりにき

雪原の暮れゆくに似て雲海の果にひとすぢ茜きはだつ

横雲のあはひに見ゆる今日の茜苦渋のごとき
重きくれなゐ

西低く日は傾きて雲海は波立つごとし影青く
顕ち

茜する雲のあはひに見ゆる地表すでに暮色を
濃くたたへをり

夜の動物園

輪郭のおぼろに黒き固まりは孤独なるゴリラ
夜の動物園

硝子越しにあまたの人に見られつつライオン
ひたすら鶏を喰ふ

大雪山にて

刈りし田に沿ふ道のはて大雪《たいせつ》の峰々あはし曇の空に

雪になる日は近からん稚児車《ちんぐるま》などの紅葉に雨の降りゐつ

降る雨に抗ひながら噴く煙濃密にして量感をもつ

雨のなか離りて見れば峡の滝白きはだちて流動のなし

山裾の林を霧がうつりゆく釣舟草の花ゆりながら

朽葉

収獲の済みし豆畑直接に日差を受けて鴉群れゐる

昨日の雪あとかたもなく乾くみち朽葉を踏めばさびしきものよ

雪虫の飛ばずになりて透明に空気の冷ゆる昼の道ゆく

しぐれの雨やみし池の面ふかぶかと雲のあはひの藍色映す

午後三時過ぎしころほひ急速に暗みて降り来いきほふ霙

家近くいたりて仰ぐ宵空に月あはあはし暈をともなふ

古稀

例年より遅しと見ればこのあした雪あわただしき様に降りゐる

止むことを忘れたるごと降る雪ぞまれに鴉の
鳴く声きこえ

睡蓮はその葉おほかた水に沈め冬迎へんかつ
つましきさま

昨日の雪芝草にありその上に公孫樹のもみぢ
しきりに落つる

これを為しこれ終ふればと思へれど未整理のもの増えゆくばかり

古稀といふ感慨にひたるいとまなく忽ち過ぎし一年なりき

平成十八年

雪庭

葉を落としわづか莢垂る合歓木《ねむのき》の影ほそほそと雪庭にあり

たむろする雲にほどなく呑まれんか冬の日輪
小さきままに

雪はれて明るき夕べと思ひ見れば前方に低く
満月のあり

雪壁のあひだの人が通る道かたく凍りて光を
反す

雪原に今や触れんと見てをれば日輪あつけなく沈みたり

吹雪

ためらふごと降りゐし雪が石狩川過ぐればたちまち横ざまに吹く

今日何を為したるかなど思はずに寝ねんよ外
は吹雪のやまず

寝ねんとしのぞき見る外仄白き闇ふかくして
吹雪がつのる

臥床する部屋の硝子戸小止みなく風打ち叩く
節分の夜

鮭の稚魚

十万尾の鮭の稚魚飼ふ池の水黒くし見ゆる雪
の降るなか
ひとさまに游ぐ二万の鮭の稚魚をりふし乱る
光となりて

四月六日の雪容赦なく顔を打つ向き定まらぬ
風伴ひて

歩くには雨よりよきかと思へども四月半ばに
降る雪うとし

ややくに雪の消えたる川中州青草光る古草
のなか

四国遍路

山越えて夫と遍路の道を行く筒鳥の声遠くに
聞きて

御堂のほとり葉のなき一木あやしめば緋寒桜
の花芽満ちをり

いちめんにもみぢの葡萄畑明るくてその下の
土あたたかく見ゆ

放置され久しきものかこの柿畑荒地《あれち》野菊《のぎく》に光
とほれる

二番寺に向かはんとするわが行く手浄土かお
もふ今日の夕映

義妹逝く

帰らんと来し徳島の空港にていもうと死去の
伝言を聞く
としごなる妹の最期を聞きし夫いかなる思ひ
か旅先にして

昼餉とらず難所の十二番寺巡りきて足らひし
思ひ打ち砕かれぬ

妹の逝きしを知れどすべのなく空港ラウンジ
に鯖鮨を食ふ

昼前は徳島の山の寺に詣で夜更けて妹の亡骸
に会ふ

亡骸となりて二日経し妹のおだしき顔よ柩の
中に

焼却炉にいもうと送り所在無く昼にははやき
昼餉して待つ

形保つ骨少なきは焼かれすぎか胸に思ひつつ
骨拾ひたり

夫

乞はるれば夫札幌の勤め辞め医師が不足の地
方に行くとふ

七十五歳になんなんとしてわが夫一内科医と
し励むもよきか

週三日不在の夫を恋ほしむは老いたるゆゑか
思ひみざりき

手伝ひに行かれぬを罪のごと思ひいくばくの
金娘に送る

干上がりしオアシスに出来し罅《ひび》のやうに心の
奥に消えぬ悲しみ

東慶寺

久々の東慶寺けふたのしかりき鬱金桜の花咲き満ちて

川の辺のなだりを覆ふ諸葛菜ゆふぐれてその色やつつまし

岡虎尾

墓参に来て今年また会ふ岡虎尾《をかとらのを》すこやかに咲
くあら草のなか

鈴掛は古りたる樹皮を剝ぎ落とし夏のをはり
の光受けゐる

さまざまの事思ひゐてつづまりはわれの終焉
夫の最期

歩みゐるいとまに夕闇濃くなりて現身溶くる
ごとたどきなし

飲み終へし珈琲カップの温もりを手にをさめ
つつ言葉を探す

鑑真和上像

千二百年余の歳月なきがごとしづかにおはす
鑑真の像

肖像には肖像の命あると思ひ尊び向かふ鑑真
和上像

館内の抑へし明りに見えてゐる乾漆像の朱の色深し

深山竜胆

椴松も蝦夷松林もおぼおぼと雨霧の中やすらぎて見ゆ

道の辺に実を結び立つ姥百合や猛々しさは既
になくして
さむき雨に紫冴えてけなげにも深山竜胆《みやまりんだう》はな
群れて咲く
おもむろにたちのぼる霧層雲にたちまち紛る
離りてみれば

寒々と雨降りくれど旭岳の頂さやかに見ゆる
はたのし

白玉の木の透きとほるつぶら実をあちこちに
見て山下り来ぬ

降る雨に濁りいきほふ石狩川源流ちかき峡に
来しかば

一位の実

街路樹のしたに釣舟草の咲くこの道和まし今
年の秋も
一位の実あまた落ちゐる道のうへ悲劇的なる
朱に染まりて

大方は葉の落ちし楡透きて見ゆ立冬の空ゆく
雲疾く

求められ働けること有難し七十五歳の内科医
の夫

七十五歳生きて勤むると思はざりき夫の言へ
ばわれも諾ふ

あとがき

本集『雪原』は、私の第二歌集で五三五首を収めている。平成九年に『氷湖』を出してから随分長い歳月が経ってしまった。ことさら不都合な理由があったわけではなく、恥ずかしながらただ怠慢だったというに過ぎない。年齢も八十歳になり何かと迷っていたところを「歩道」の編集長、秋葉四郎先生（日本歌人クラブ名誉会長）にすすめられ、やはり出そうかとの思いに至った。

第一歌集『氷湖』刊行の頃は、佐藤志満先生が御健在で、原稿をたずさえ上京した私に同行してくださって、「短歌新聞社」の石黒清介氏を訪ねたのだった。その折、石黒社長に昼食を御馳走になった。勿論、志満先生のお蔭によるところのもので、まことにありがたいことであった。その志満先生も石黒氏も鬼籍に入って久しい。私には、懐かしく貴重な思い出である。

何しろ平成九年からの作歌数は、かなりの量になるので、このたびは平成十八年までを収め、そのあとは追って発刊したいと思っている。

本集で詠んでいる幼子達は、すでに高校生・大学生になっている。従って本集の刊行は、諸々記録の意味をも持つだろう、と自らを慰めている。

又、新聞社関係の短歌教室を何とか休まず続けているが、これは通ってきてくれる人達があってのこと。教室に行かねばならぬ、という気持が支えになっているのだ、と、近頃は心にしみて感謝している。

まだ十月だというのに、ことのほか寒がりの私は、背や足裏に懐炉を貼って凌いでいる。けれども、大雪山の麓で生まれ育った私には、雪や氷の無い冬など寂しくて考えられない。『氷湖』についで、歌集名を『雪原』にした所以である。

このたびの出版に関しては、秋葉四郎先生のお口添により「現代短歌社」に依頼することにした。

関係各氏に感謝を込めてお願いする次第である。

平成二十七年十月二十日

鎌田和子

歌集 雪原　　歩道叢書

平成28年1月21日　発行

著 者　鎌 田 和 子

〒065-0027 札幌市東区北27条東1丁目2-1-301
発行人　道 具 武 志
印 刷　㈱キャップス
発行所　**現代短歌社**

〒113-0033 東京都文京区本郷1-35-26
振替口座 00160-5-290969
電 話 03 (5804) 7100

定価2500円(本体2315円+税)
ISBN978-4-86534-139-3 C0092 ¥2315E